CHERCHE... & TROUVE !

Voyage autour du monde

Ballon

BIENVENUE EN BELGIQUE

- À toi de trouver !

- Vois-tu les frites avec du ketchup ?
- Combien de gaufres vois-tu ?
- Quel Manneken-Pis ne fait pas pipi ?
- Combien de moules ne se trouvent pas dans la casserole ?

UNE JOURNÉE AUX PAYS-BAS

- À toi de trouver !

- Vois-tu le voilier rouge et vert ?

- Cherche une tulipe blanche.

- Vois-tu le moulin qui a des ailes vertes ?

- Trouve la paire de sabots avec un cœur.

UN VOYAGE EN FRANCE

À toi de trouver !

Cherche un animal avec une longue queue rouge et des plumes vertes et orange.

Y a-t-il plus de véhicules ou plus d'instruments de musique ?

Indique les peintures représentant un paysage.

Qui rêve d'un délicieux gâteau ?

UN SÉJOUR EN ESPAGNE

- À toi de trouver !

- Trouve le moulin à vent auquel il manque une aile.

- Indique uniquement les tambourins qui ne produisent pas de son.

- Quel appareil photo appartient au torero ?

- Vois-tu les mandarines avec une feuille ?

DES VACANCES EN ITALIE

- À toi de trouver !

- Certaines voitures n'ont pas toutes leurs roues. Trouve-les.

- À combien de masques est attaché un bâtonnet ?

- Trouve la paire de chaussures et le sac à main.

- Quelle pizza n'a pas encore été entamée ?

À L'AVENTURE EN AMÉRIQUE

● À toi de trouver !

● Cherche deux bonbons qui se trouvent l'un à côté de l'autre.

● Trouve les maracas bleus, rouges, verts et orange.

● Combien de tortues comptes-tu ?

● Indique uniquement les piments rouges.

SAFARI EN AFRIQUE

- À toi de trouver !

- Indique uniquement les animaux qui ne marchent pas à quatre pattes.
- Cherche les deux pots qui sont identiques.
- Quel masque a quatre dents ?
- Vois-tu la statuette qui a un nez jaune ?

DÉCOUVRE L'ASIE

- À toi de trouver !

- Combien de chapeaux chinois comptes-tu ?

- Sur quels bols de riz vois-tu des baguettes ?

- Indique uniquement les lampions allumés.

- Quel panda est différent des autres ?

UN VOYAGE EN OCÉANIE

- À toi de trouver !

- Cherche la planche de surf avec le plus de couleurs différentes.
- Combien de kangourous vois-tu ?
- Combien de chapeaux comptes-tu ?
- Quel oiseau a une huppe bleue ?

Ballon

www.ballonmedia.com

F. Rooseveltplaats 12, B-2060 Anvers
Texte : Annemie Bosmans

ISBN 978 90 374 9966 7
D/2016/4969/49
Imprimé en Chine